Impressum:

Alle Rechte bei Balthasar Kübler, Bern, Schweiz
und Cavaliere-Blu-Verlag, Sassi Bianchi, Poggio Murella, Italien

Balthasar Kübler ist in Zürich aufgewachsen. Er ist Künstler, Philosoph, Filmemacher, Traumdeuter, Geschichtenerzähler, aber auch Radioprogrammacher für klassische und moderne Musik, Doktor der Psychologie, Batteba-Fetisch-Produzent und mein Lieblings Nachbar. Sie erkennen ihn daran, dass er sowohl im Sommer als auch im Winter Espadrilles trägt und jetzt kommt's: Der linke und der rechte Espadrilles ist jeweils in einer anderen Farbe gehalten. Engländer nennen so etwas «shocking» oder «really shocking». Also Rot und Weiss. Oder Blau und Grün. Gerne mal Lilla und Gelb, aber manchmal auch Schwarz und Rot. Und an Feiertagen Schwarz und Weiss. Nein, das hat nichts mit Politik zu tun, ganz und gar nicht. Noch Fragen?

DO THAT
TO ME
ONE MORE TIME

TURANDOCHTS FREIER

Von Balthasar Kübler

107 – E – AS

AS Ich bin ein Principe.

BQ Angenehm!

AS Principe Asunto Secundario alias EL GATO.

BQ Sie heissen Prinz Nebensache?

AS Die schönste Nebensache dieser Welt! Wie lang, wie oft, wo und vor allem mit wem. Ich nehme an, Sie kennen meinen neuesten Artikel, den ich am 5. Dezember 2008 Online ins Netz gesetzt habe? Mit den erstaunlichen Fakten über das Paarungsverhalten geschlechtsreifer Grossstädter während der Paarungszeit –

BQ Da muss ich passen.

AS ¡Oye! Schämen sollten Sie sich, Caballero! Shand and Sham! ¿E cómo se llama usted?

BQ B. Q. Blair.

AS ¿BQ cómo?

BQ B-l-a-i-r.

BQ Sie sind Pianist?

AS Si, señor! Pianista concertista e vocalista. Das sieht man doch. Oder nicht? Aber ich war auch Strassenräuber e nota bene: nicht irgend ein ordinärer Buschklepper oder Strauchdieb, keiner von dieser billigen Sorte, sondern a bandit of a superior grade. Aber Sie tippen ja ständig.

BQ Stört es Sie?

AS Ich dachte, wir führen ein Gespräch und nicht ein Verhör.

BQ Und wie war das mit Turandocht?

AS Diese Frage hat Asunto Secundario nicht erwartet. Um sich Zeit zu verschaffen, fragt er scheinheilig:
¿Turandocht?

BQ Mh!

Asunto Secundario

AS   traumverloren
¡Turandocht!

Wenn ich sage, dass sie gewachsen ist wie eine Zypresse im Paradies und dass ihr Antlitz der köstlichsten Rose gleicht, die du dir ausdenken magst, dann ist dies trotzdem nicht richtig, denn was ist die Zypresse und was die Rose verglichen mit ihr?

geht in die Knie
Wer könnte die Feinheit ihres Mundes beschreiben? Und was wäre je so schmal und zerbrechlich wie ihre Taille? Zu wem sie das traumtrunkene Narzissenpaar ihrer Augen nur ein einziges Mal aufschlägt, der ist auf Lebenszeit ihr Gefangener, den die Freien um seine Fesseln beneiden!

springt auf
Wenn mich Asunto Secundario zur Gattin begehrt, soll er mich nicht bloss aus der Ferne anschwärmen, sondern er soll herkommen in mein Schloss um mich anzuschauen wie der Nachtfalter das Licht! Dazu ist allerdings ein Mann vonnöten und keine Memme! Asunto Secundario braucht tausend Leben statt nur ein einziges und er hat – will er mich gewinnen – vier Bedingungen zu erfüllen:

Erstens muss der Freier vornehm sein und schön; zweitens den Schwertzauber lösen, der ihm den Weg versperrt; drittens – gelingt ihm dies – muss er das Tor finden, das ihn zu mir führt (denn ich will keinen sehen, der übers Dach einsteigt) und viertens endlich – wenn er so weit gelangt ist – muss der Freier die Rätsel lösen, die ich ihm stellen werde im Palast und in Anwesenheit meines Vaters. Löst er auch diese, so erlangt er meine Hand und damit das Elixir der Glückseligkeit. Bleibt mir der Freier die richtige Antwort aber schuldig, so verliert er sein Leben.

BQ   Sie sind gescheitert?

AS   ¡Ay!

BQ   Weil Sie übers Dach eingestiegen sind?

AS   Wie kommen Sie darauf?

BQ   Sie haben doch eben gesagt, dass man Sie auch EL GATO nennt?

AS   Correcto.

BQ   Wenn ich Sie so anschaue ... also mit diesen fünf wunderschönen Schnurrhaaren links neben Ihrer edel geschwungenen Nase, kann ich mir gut vorstellen, wie Sie übers Dach geklettert sind – pfotenweich!

AS ¡No! ¡No! Ich setzte mich an mein Hammerklavier, das ich für solche ocasións immer mit mir führe (das piano de macillos ist obertöniger, leiser, menos voluminoso, aber doch gesanglich und gut verschmelzungsfähig), ich spielte Bésame mucho – muy dulce e insistente … Sie kennen es, hm?

singt
Bésame! Küss mich!
Bésame mucho!
Als wär's heutnacht zum letzten Mal!
Bésame! Mucho!
Denn o! Ich fürcht', ich verlier dich –
Perderte después!

Ich spielte und sang es wie einst Elvis Presley. Dann machte ich mich auf den Weg zu meiner Turandotta encantadora. ¡Pero, o madre mia! Ich konnte nicht einmal ihren ersten Schwertzauber lösen.

BQ Bésame – mein herzliches Beileid!

AS ¡Muchas gracias!

113 – SCO – CML

BQ Es freut mich, Sie kennenzulernen.

CML The pleasure is entirely mine.

BQ Sie sagten, Ihr Name sei Craig MacLachlan?

CML Craig, as right as rain – und hätte ich noch meinen Kilt, könnten Sie unseren Tartan sehen: rot, blau mit einem feinen gelben Streifen. Meine Vorfahren wohnten im Castle Lachlan on the Eastern shore of Loch Fyne. By the way, I'm a member of THE LOCH FYNE ANGLING ASSOCIATION.

BQ Und was hat Sie dazu gebracht, die Reise zu Turandocht anzutreten?

CML Ich habe einen Foto gesehen, welcher die Prinzessin beim Angeln zeigt ... hier, schauen Sie! Mann o Mann! Just look at her bum!

BQ Und dann sind Sie einfach mir nichts dir nichts losgezogen?

CML Ich hatte keine Wahl! Ich war gebannt, wie der Maus vor die Katz: thrilled and spellbound!

BQ Wussten Sie, was Sie erwartet?

CML Nein ... oder ... ja doch, schon, aber ich dachte, das sei eine orientalische fairy tale.

BQ Wie so viele vor und nach Ihnen?

CML Unfortunlich ... wie sagt man?

BQ Unglücklicherweise?

CML Yeah.

BQ Wie wurden Sie empfangen?

CML Schon von weitem sah ich auf der Stadtmauer die abgeschlagenen Köpfe all der Helden – Sie kennen die Geschichte, nicht wahr? Was mich aber von allen unterscheidet: Ich habe unter dem Fenster der Turandocht gesungen – I sang a song like a true minnesinger!

BQ Und was war das für ein Song?

CML *singt*
    Do that to me one more time
    Once is never enough
    With a woman like you

BQ   Aber warum haben Sie gerade dieses Lied ausgewählt? Sie taten ja so, als ob Sie schon einmal –

CML Exactly! Der Trick war, dass ich so tat, als ob wir schon zusammen gebummst.

      singt
    Whoa-oh-oh. Kiss me like you just did, baby!

BQ   Und wie hat Turandocht reagiert? Haben Sie sie überhaupt gesehen? Ich meine real, nicht nur as a fishing beauty.

CML Ich war rocksolid überzeugt, dass Turandocht mit dieser beauteous melody das Wasser im Mund zusammenlaufen und, im Glauben wir hätten schon von den Früchten der Liebe gekostet, sich über die Brüstung zu mir hinunterneigen würde. Ich sang laut und schmelzend – das habe ich übrigens von EL GATO gelernt, den ich beim Salmon Fishing in Aberdeen singen hörte, er sang muy dulce e insistente!

BQ   Die Spanier sind in dieser Beziehung unerreicht.

CML *singt und wiegt den Kopf (so gut es noch geht) hin und her.*
    Yeah! Do that to me once again
    Pass that by me one more time
    Once is never enough for my heart to hear

    Whoa-oh-oh
    Tell it to me one more time

    I can never hear enough
    While I got 'ya near
    Whoa-o-hoh

BQ   Sie sind gescheitert?

CML Bloody hell, yes! I shipwrecked worse than Robinson Crusoe.

BQ   Erzählen Sie!

CML Das Schwertzauber war ein Kinderspiel. Wenn immer ein Fremdling den Weg zu Turandochts Burg hinaufgeht, springen Robots mit gezücktem Schwert hervor und machen ihn kalt. But I am careful: Mit meiner Angelrute werfe ich nach ihnen und verwickle sie im Silk! So erledige ich einen nach dem anderen. Doch das war ja erst der hors d'œuvre! Nachdem ich den Eingang zur Burg gefunden, komme ich in einen unterirdischen Gang, der zu einer Lounge führt, in der viele grüne Chesterfield-Sofas stehen.

BQ Und Turandocht?

CML Inzwischen hat sie entdeckt, dass ich bis in ihre Lounge vorgedrungen und schickt ihre Kammerzofe, Seldschan Chatun. Sie umarmt mich und ruft Dich hat wahrhaftig das Glück geleitet, you breechblowing boyscout – wie sagt man? –, du breschenschlagender Pfadfinder! Du, der du zuerst das Geheimnis der Schwerter und nun auch die Tür zu unserer smaragdgrünen Lounge gefunden hast.

BQ Das klingt gut!

CML Und wäre auch gut gewesen, wenn ich diese Elendschlampe nicht für Turandocht gehalten hätte! Tja! Da wurde nicht mehr lange gefackelt: Handschellen, Verhör, eine kleine Henkersmahlzeit und das Fallbeil. Aber jetzt, da ich die Gelegenheit habe, mit Ihnen zu sprechen – could you do me a favour? You are Swiss, aren't you?

BQ Yes, I am.

CML Vor vielen Jahren traf ich in Sanquhar zwei Wandersleute aus der Schweiz, die mir im Crown-Pub einen handgeschriebenen Zettel gaben, den ich bis heute nicht entziffern kann. Hier, können Sie das lesen? – und verstehen?

Wen-i nume wüsst, wo ds Vogu-Lisi wär.

ds Vogu-Lisi chunnt vo Adelbode här.

Adelbode isch im Bärner Oberland.

ds Bärner Oberland isch schö-ö-ön.

ds Oberland, ja ds Oberland,
ds Bärner Oberland isch schön.

BQ singt
If only I knew where 's Bird-Lisi were
'sss Bird-Lisi comes from Nobelboden her.

Nobelboden is'n Bernese Oberland.

's Bernese Oberland is ni-i-ice.
Ni-i-ice, yes ni-i-ice,

's Bernese Oberland is nice.

CML But that's exactly the song Armin Anken used to sing under Turandocht's window! Ist das nicht seltsam, dass mir dieses Lied vor vielen Jahren in Schottland zugespielt wurde ... with you yodelling it here on Turandocht's roof terrace? Thanks so much!

BQ You're welcome!

Craig MacLachlan

101 – I – O

O   Nach meinem Studium der Ethnologie an der Università Ca' Foscari di Venezia war mir das Geld ausgegangen und so arbeitete ich als Ghostwriter. Ich hatte schon verschiedene Dissertationen für namhafte Politiker verfasst, als ich angefragt wurde, ob ich eine Habilitation über die persische Miniaturmalerei zur Zeit des Emir Chosrou Dihlewi schreiben könnte.

BQ   Die Miniatur mit der russischen Prinzessin, die dem rot gekleideten König Behram die Geschichte der Turandocht erzählt?

O   Dacht' ich's mir doch! Sie verstehen etwas von der Materie.

BQ   Und wann haben Sie den Weg zu Turandocht unter die Füsse genommen?

O   Unter die Füsse genommen trifft bei mir nicht zu. Und ich fliege auch nicht gern. In breve: Ich kaufte einen Lamborghini Espada S3. Una carozza molto imposante! Übrigens, mein Vater ist Deutscher, meine Mutter stammt aus Venedig, so bin ich bilingue aufgewachsen. Und Ihr Name ist wirklich Blair?

BQ   Weshalb fragen Sie?

O   Als ich Sie sah, war mir sofort klar, dass Sie unter einem Decknamen agieren. Ich habe mir dann durch Ping, Pang und Pong zwei, drei Erkundigungen verschafft. Che bello pseudonimo, Signore Blair!

BQ   *misstrauisch*
Sie kennen Turandochts Minister?

O   Natürlich! Ping, Pang und Pong haben mir die Miniaturen in natura jeder Wissenschafter nur träumen kann!

BQ   Haben Sie auch Turandocht kennen gelernt? Ich meine face à face.

O   Certo. Wir, diskutierten die neuesten Recherchen auf meinem Gebiet, arbeiteten zusammen, lachten und scherzten.

BQ   Und Sie sind sich sicher, dass es sich dabei nicht um ein Double handelte?

O   Wofür halten Sie mich, Signore?

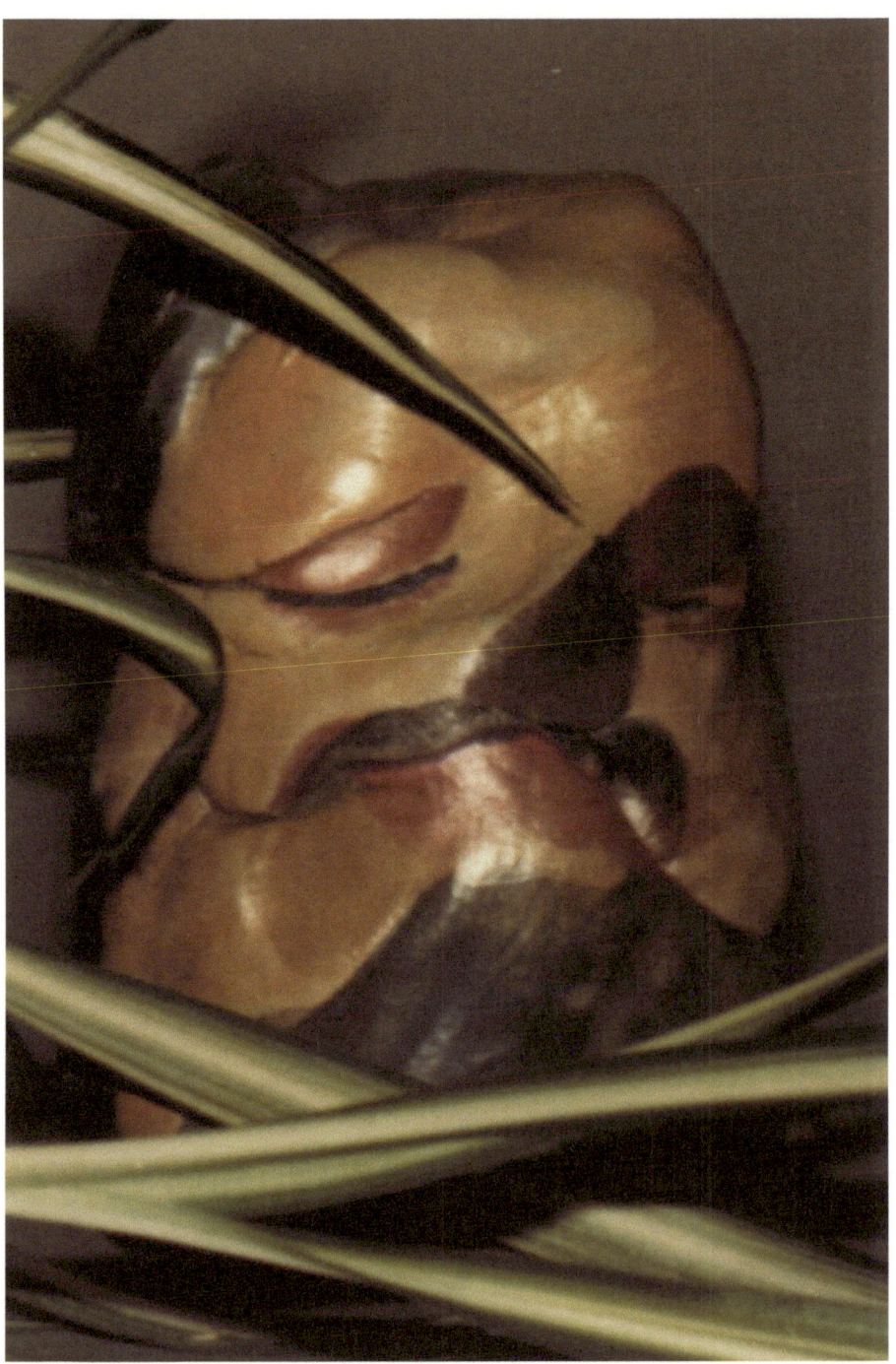

Orlando

BQ Verzeihung, aber wenn Sie mit Turandocht zusammengearbeitet haben, weshalb wurden Sie dann geköpft?

O Und weshalb reisen Sie unter einem Pseudonym, wenn man fragen darf?

BQ Ich schlage vor, dass wir zuerst Ihren Fall abschliessen, Orlando.

O D'accordo! Turandocht und ich waren oft zusammen – tête à tête – und wenn sie sich den Freiern im Fenster zeigte, sah ich sie auch von hinten. Turandochts Hintern, da wären auch Sie schwach geworden, Signore! Meine Zunge ist inzwischen ausgetrocknet, aber damals lief mir das Wasser im Mund zusammen und ich schnalzte vor Lust.

BQ Sie wollen doch nicht sagen –

O Doch, doch, genau das: Turandocht war ein abgefeimtes Luder – una carogna esimia –, eine waschechte Luxus-Schlampe, wie sie nur in Turan so lasziv gedeihen kann. Brioc Lantenac, der Bretone – sehen Sie ihn dort? der mit dem rechten Mundwinkel bis zum Kinn –, er hat erst gestern wieder zu uns gerufen, als ob es das erste Mal wäre: Notre princesse avec sa taille de guêpe et sa poitrine aventageuse – elle est sans pareille! Wie wahr! Turandocht war üppig, aufreizend und wie sie wieder mal am offenen Fenster steht und nach vorn gebeugt den Freiern zulächelte, rufe ich Oh santi numi! Bei diesem fetten Hintern lässt sich bestens überwintern.

    sein Blick schweift verträumt über das Turanische Tiefland
Donne ch'avete intelleto d'amore –

BQ Sie haben Turandocht also im Herbst besucht?

O Stimmt, ja, aber wie kommen Sie nun darauf?

BQ Sie sprechen vom Überwintern und da dachte ich –

O Ach so!

BQ Herr Orlando, ich habe das Gefühl, Sie spielen mir etwas vor.

O Weshalb?

BQ Sie sind ein Hochstapler, ein Heuchler.

O Da irren Sie sich, Signore. Aber ich gebe zu, dass es noch einen anderen Grund gab für meine Visite. Ich arbeitete nämlich damals an einem Thema mit dem Arbeitstitel Die Geschichte der Gescheiterten.

	Denn da müssen Sie mir Recht geben: Die Geschichte wird immer nur von den Siegern geschrieben, nicht wahr?
BQ	Wer könnte Ihnen da widersprechen?
O	Eben. Und da kamen mir Turandochts Freier natürlich wie gewünscht. Hat sich schon je eine Forschergruppe mit ihnen befasst? Nein! So wenig wie mit den Opfern der Circe oder den vielen Unschuldigen, deren Gebeine auf der Insel der Sirenen lagern. Das war mein Anliegen und die Miniaturen waren nur ein Vorwand.
BQ	Und dann sind Sie selber gescheitert? Anstatt auf Turandochts Worte zu achten, haben Sie sich in ihren Hintern verknallt.
O	Mein Unglück beginnt, wie ich mich unter die Freier mische und mich – wie jetzt Sie – unter einem fremden Namen nach ihren Geschichten erkundige. Und als sich Turandocht wie üblich im offenen Fenster präsentiert, sehe ich sie von vorn.
BQ	Ich dachte, Sie seien sich das gewohnt gewesen?
O	Si, si! Ma adesso, eingerahmt vom Fenster, ist alles anders: un'apparizione soprannaturale … un lightning corpo … come nostra cara Madre di Dio nella mandorla, mit einem offenherzigen décolleté … ebbene … da, ich weiss nicht, wie mir geschieht, springe ich vor und singe Nessun dorma.
BQ	Nessun dorma? Kalafs Arie aus Puccinis Oper Turandot?
O	Turandocht hasst diese Oper wie die Pest.
BQ	Ihr Gesicht erinnert mich übrigens an Luciano Pavarotti.
O	Wie er sein verschwitztes Taschentuch in die Brusttasche steckt? und den tosenden Applaus geniesst? Questo vecchio incantatore?
BQ	Und wie ist das mit Ihrem Nessun dorma weiter gegangen?
O	Un disastro! In meiner Aufregung bringe ich die Sprachen durcheinander!
BQ	Wie denn?
O	singt à la Luciano Pavarotti No One Sleeps, Schlafmöglichkeiten for No One! Tu pure, O Princess, In Your Cold Room, Guardi The Stars!

Das Zittern mitten im Love.
Und mit der Hoffnung.

Aber My Secret ist in mir geschlossen,
My Name Niemand darf wissen,
No, No,
On Your Mouth I Will Reveal Es
When The Lightning Corpo Shines e splenderà!
Und My Kiss löst The Silence.
Das macht You Mine!

Vanish, O Nacht!
Set, Stars! Set! O stelle!
At Dawn: Una conquista!
I Shall Win!
Vittoria amara mia!
I Shall Gewinn!

BQ   Es tut mir leid, Orlando, ich weiss, das hat Ihnen den Kopf gekostet, aber ich kann nicht anders: Bravo! Orlando, bravissimo!

O   Grazie mille! E a presto, Signore!

109 – JA – AT

AT Herr Blair, es ist mir eine grosse Ehre, mich mit Ihnen unterhalten zu dürfen.

BQ Wie ich gehört habe, machten Sie sich noch am selben Tag, als Sie auf YouTube ein Video von Turandocht sahen, auf die Reise.

AT Nicht am selben Tag. Ich will mit dem Kosmos im Einklang sein. Deshalb warte ich, bis die Zeit reif ist.

BQ Sie warteten auf ein günstiges Omen?

AT Shìde! Ich sehe eine Mandelblüte mitten im Herbst und der Birnbaum meiner Nachbarin trägt ungewöhnlich grosse Früchte.

BQ Aller guten Dinge sind drei.

AT Das sagt man auch bei uns. Deshalb mache ich mich erst nach dem dritten Vorzeichen auf den Weg. Ein Freund schickt mir ein Medaillon aus Jade vom Meiji-Schrein in Tokyo. Da sage ich: Ashikaga, es ist Zeit!

BQ Hatten Sie sich auf das Treffen mit Turandocht vorbereitet?

AT Ich konzentriere mich auf ihren Schwertzauber. Während Jahren intensiviere ich mein Karatetraining, bis ich in der Lage bin, jeden Angreifer mit oder ohne Schwert zu besiegen. Und dann natürlich die Literatur! Ich lese vor allem Haikus. Das ist das ideale Gegengewicht zum physischen Training.

BQ Und die Reise?

AT Ich walze der Seidenstrasse entlang: Von Beijing über Chan'an nach Wuwei, Dunhuang, Qarikilik und von dort dem südlichen Rand der Taklamakan-Wüste entlang nach Qargan, Yutian, Khotan, Yarkant und Kaschgar, dann nach Samarkand und über das Alai-Gebirge bis zu Turandochts Burg. Nach exakt 3'936,640 km sehe ich ihr Porträt über dem Stadttor hängen.

BQ Wie lange hat das gedauert?

AT Pro Tag lege ich gut und gern 50 km zurück. Übrigens, je näher ich meinem Ziel komme, desto weniger bin ich allein. Kennen Sie diese kleine, lästige Fliege, die Drosophila?

BQ Drosophila melanogaster?

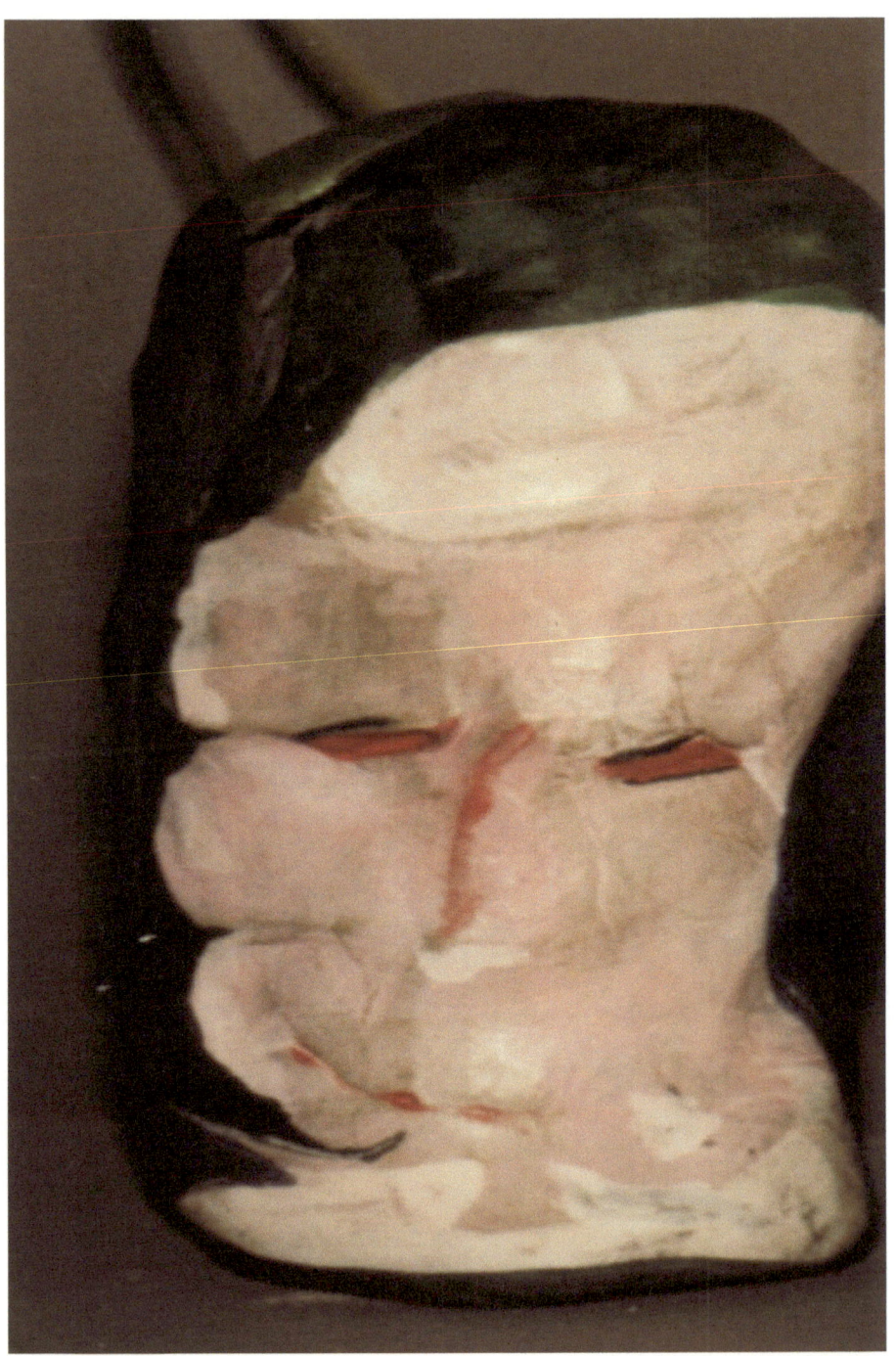

Tokea Ashikaga

AT Das hat mich immer wieder erstaunt: Abends kaufe ich Obst und schon am nächsten Morgen fliegt eine Schar dieser Schwarzbäuchigen (wie man sie bei uns in Japan nennt) in der Küche herum. Es scheint, dass selbst diese kleinen Lebewesen Freude haben, sich zu vermehren.

BQ Was wollen Sie damit sagen?

AT So geht es mit Turandochts Freiern: Jeden Tag kommt eine neue Schar. Sie campieren rund um die Stadt im Zelt oder im Wohnwagen; Feuerflackern; es wird gespielt und gesungen. Bei meiner Ankunft sehe ich einen schwarzgelockten Mann unter Turandochts Fenster. Er singt voller Schmelz. Bitte nehmen Sie es mir nicht übel, wenn ich es nicht richtig zitiere: Deh, vieni alla finestra, o mio tesoro, deh, vieni a consolar il pianto mio! Man sagt mir, es sei ein Venetianer. Ich kenne den Westen nicht, aber dieses Lied von Deus Mo Zart greift an mein Herz.

BQ Sie waren also überzeugt, dass Sie Turandocht heiraten würden?

AT Shìde! Ich hatte mich schliesslich vorbereitet!

BQ Wie weit sind Sie denn gekommen?

AT Also die Wächter, die Turandocht auf dem Weg zum Schloss versteckt hat, bereiten mir keine Probleme. Mit meiner Reaktionsfähigkeit und dank meiner ausgefeilten Karatetechnik mache ich einen nach dem andern kalt. Ganz und gar kalt!

BQ Und dann?

AT Oben angekommen, sehe ich Turandochts Burg von nah. Ihre Türme verlieren sich im Himmel. Aber da ist nirgends ein Tor! Wie es nur finden? Schon wird es Abend und der Mond steigt auf. In meiner Not stosse ich mit aller Kraft den Karateschrei aus: Kiai! An der Stelle, von wo ein Echo zurückkommt, grabe ich nach. Ich finde eine Tür und dahinter einen unterirdischen Stollen, der ins Burginnere führt. Es riecht nach Astern. Auf Samtpfoten schleiche ich vorwärts und komme zu einem Teich. O! Hätte ich nie hineingeblickt! Denn das jadegrüne Wasser erinnert mich an mein Lieblings-Haiku, Furu ike ya, von Matsuo Bash . Ich nehme an, dieser grosse Dichter ist auch im Westen bekannt?

BQ Tut mir leid, ich kenne ihn nicht.

AT Furu ike ya

         Kawazu tobiko
         Mu mizu no oto

BQ   Könnten Sie es bitte übersetzen?

AT   Ich kann es versuchen.

         Der alte Weiher:

         Ein Frosch springt hinein.

         Oh! Das Geräusch des Wassers.

         Oder vielleicht besser so:

         Uralter Teich.
         Ein Frosch springt hinein.
         Plop.

BQ   Ich verstehe. Sie konnten einfach nicht anders.

AT   Shìde! Die Poesie ist stärker! Tokea Ashikaga springt und stirbt. Und doch, ich bereue nichts. Turandocht ist und bleibt meine grosse Liebe. Und wissen Sie was? Gestern Nacht habe ich für unsere Prinzessin ein Haiku gedichtet:

         Ein Duft von Astern,
         Obwohl in dieser Mondnacht
         Der Winter eintrat.

137 – CH – AA

BQ Wie kamen Sie auf die Idee, vom Diemtigtal nach Turan zu fahren?

AA Im Schwingklub Niedersimmental wurde ich Schwingerkönig.

BQ Ist das nicht der Schwingklub vom Horbodner Wenger Kilian?

AA Richtig. Das war allerdings lange vor seiner Zeit. Ich feiere meinen Sieg im Säli des Hotel-Restaurant Spillgerten auf der Grimmialp. Es gibt eine Tombola. Und da lacht mir das Glück zum zweiten Mal: Eine Reise mit der Transsibirischen Eisenbahn! In Irkutsk steige ich aus und fahre zum Baikalsee.

BQ Und die Transsibirische?

AA Ich habe sofort das Gefühl, in meine Heimat zurückgekehrt zu sein. Und so fährt der Zug ohne mich nach Wladiwostok. Ich wechsle auch meinen Namen: Anstelle von Armin Anken nenne ich mich King Kirk Kinuk.

BQ Wenn ich Sie jetzt so ansehe, kann ich es eigentlich ganz gut verstehen.

AA Was?

BQ Als ich Ihr blaues Gesicht sah, dachte ich sofort an die blaue Grundfläche in der Flagge der Mongolei. Blau wie der Himmel … nur der schräge Mund erinnert noch etwas an den Schwingerkönig: Als ob Ihnen Chalbermatters Chrigu bei einem Lätz die Wange zu heftig wegdrückte.

AA lacht
[berndeutsch] Auä? Aber warum nicht, ja … es gab allerdings nicht viele, die ich nicht gebodigt habe. Mein Motto war: Churz, Lätz, Schlungg und Platt!

BQ Und wie war das mit Turandocht?

AA Als ich ihr Porträt sah, das sie über das Stadttor gehängt hat …

BQ Wieviele Freier hielten sich da auf?

AA Das könnt Ihr Euch nicht vorstellen! Wie auf einer Viehschau! Einer stärker, schöner, vornehmer als der andere! Aber da waren natürlich auch Frauen dabei, die man à la Turandocht gewinnen konnte.

Armin Anken

BQ Wie meinen Sie?

AA Es gab Wettkämpfe. Nicht nur übungshalber, sondern auf Leben und Tod! Ich erinnere mich, wie in einer Vollmondnacht ein Stier zu unserem Lagerplatz geführt wird. Mindestens doppelt so gross wie der Muni, den man am Eidgenössischen dem Wenger Kilian geschenkt hat! Der Stier bearbeitet mit seinen Hörnern einen Marmorblock und zermalmt ihn, als wäre es Sbrinz. Und im Halbdunkel steht der Preis: Seldschan Chatun! Eigentlich sieht sie ganz ähnlich aus wie ein Bärnermodi, aber mit Mandelaugen eben und pechschwarzem Haar das lose über ihr sandelgelbes Kleid fällt. Jeder will sie. Aber das geht nur über den Muni. Und schon springt einer auf (es ist Jochen, ein Deutscher aus Bremen) und schreit Hollah, meine Freunde! Holt meine Laute und feuert mich an! Und dann singen wir jeder in seiner Sprache:

Ist denn ein Stier – was wir schon Stier so nennen –
nicht nur der Sprössling einer dummen Kuh?
Und lassen Helden wohl von ihrem Gegner ab?
Seldschan Chatun blickt mit Feueraugen
und wen sie anschaut, der entbrennt in Liebesglut!
Der Jungfrau im sandelgelben Kleid ein dreifach Hu!

Da ruft der Jochen Lasst den Stier los! Man nimmt dem Stier die Ketten ab und schon richtet er sein Horn gegen den Mann aus Bremen. Asunto Secundario brüllt Vamos Jochen! Der Japaner schreit Uah, uah! und ich rufe aus alter Gewohnheit Hopp Schwyz! Da haut Jochen mit seiner Faust so gewaltig auf die Stirn des Munis und ... als Schwingerkönig kann ich es nur so beschreiben: mit Kurz und Schlungg bringt er das mächtige Tier zu Fall. Dann schleppt er ihn bis an den Rand des Sägemehlrings. Doch der Muni ist nicht aus Pappe und springt wieder auf. Wir feuern Jochen an:

Lassen Helden wohl von ihrem Gegner ab?
Seldschan Chatun blickt mit Feueraugen
und wen sie anschaut, der entbrennt in Liebesglut!
Der Jungfrau im sandelgelben Kleid ein dreifach Hu!

Da legt der Jochen seinen Kopf leicht nach links – gerade so, wie er es immer noch tut – und wartet an die fünf Minuten. Während dieser Zeit hält er den Muni an den Hörnern fest, wie in einem Schraubstock. Dann springt er zur Seite. Der Stier – überrascht, dass es keine Gegenwehr mehr gibt – bricht nach vorn zusammen. Jochen packt ihn am Schwanz und schleudert ihn dreimal zu Boden. Dann erwürgt er ihn und zieht ihm das Fell ab. Das Fleisch lässt er liegen, das Fell jedoch breitet er vor Seldschan Chatun aus und ruft Komm, komm, komm an meine grüne Seite! Wir jubeln und feiern unseren Jochen der im Dunkel der Nacht das Schatzkästchen der Seldschan Chatun öffnet.

BQ   Und Turandocht?

AA   Es hatte sich herumgesprochen, dass sie auf dem Weg zu ihrer Burg Wächter verbirgt. Wenn ich mich recht erinnere, war es, Ashikaga, der Japaner, der den Schwertzauber zum ersten Mal durchbrochen gut: Ich bezwinge alle und werde auf der Burg von Ping, Pang und Pong begrüsst. Das sind Turandochts Leibwächter. Sie verlangen meinen Pass.

BQ   Ihren Pass?

AA   [berndeutsch] Iüu! Den ich in den Baikalsee geworfen habe!

BQ   Das darf doch nicht wahr sein!

AA   Ich reisse mein Edelweisshemd auf, schlage mir auf die Brust und rufe Ig bi dr King Kirk Kinuk! Himmuherrgottschtärnesiechnonemau! Da sieht Pong meinen Grabstein, den ich seit meiner Rekrutenschule an einer Kette um den Hals trage. Ihr kennt diese Plaquette? Der angekettete Teil bleibt im Todesfall am Mann, der untere Teil wird entlang der Perforationslinie abgebrochen und zur Abwicklung der Formalitäten an den Heimatort geschickt.

BQ   Ja, ja.

AA   Turandochts Geheimdienst findet schnell heraus, dass ich nicht Kirk Kinuk bin und auch kein König, sondern Ankens Armin mit Heimatort Wimmis. Man bricht den Grabstein entzwei. Et voilà! Aus der Traum!

BQ   Wurde die Hälfte des Grabsteins je in die Schweiz geschickt?

AA   Eine Woche nach meiner Enthauptung (hier oben auf der Zinne kann man gut hören, was unten in der Burg alles so vorgeht) höre ich, wie Pong zu Ping sagt, dass jemand am Apparat sei und Grüessech sage. Das war sicher ein Anruf von der Gemeindekanzlei oder von meinem Heimetli. Im übrigen nehme ich an, dass meine Lieben in Oey von meinem Schicksal auch in der Tagesschau erfahren haben.

BQ   Bereuen Sie es, im Säli des Spillgerten das grosse Los gezogen zu haben?

AA   [con fuoco] Nein! Nie! Jeden Abend sage ich der Glücksgöttin ä gruossmächtige Dangk! Ich würde alles wieder genau so machen. Für Turandocht gestorben zu sein, ist und bleibt mir eine grosse Ehre.

127 – D – JT

BQ Herr Tinnemann, wann haben Sie zum ersten Mal von Turandocht gehört?

JT Ich arbeitete für FINKEISEN - ROLLADEN - MARKISEN - JALOUSIEN, im Wörpedorfer Ring in Grasberg, das heisst, ich war Verkaufsleiter für die Montage von Sonnenschutz in der Filiale in Bremen, Am Brill 11. Die Firma wollte schon lange expandieren und da schlug ich vor ... also ... ich hatte einen Dokumentarfilm gesehen ... die Serie hiess Dokujunkies –

BQ Wie bitte?

JT Ja, da gibt es Filme wie Mit Tomahawk und Narrenkappe – Die Lebenskünstler von Quebec und da sah ich dann auch Turandocht und das Turanische Tiefland. Im Sommer ist es dort gut und gern über 45° Celsius im Schatten und das ist natürlich für eine Firma mit Markisen ein gefundenes Fressen.

BQ Und diese Filme?

JT Jede Staffel beginnt mit dem immergleichen Gedicht, das mit roten Buchstaben über den Bildschirm läuft.

BQ Erinnern Sie sich noch an den Text?

JT Aber sicher! Es beginnt mit Wenn ich sage, dass sie gewachsen ist wie eine Zypresse im Paradies und dass ihr Antlitz der köstlichsten Rose gleicht. Nach diesen Worten ging das Fenster auf und Turandocht guckte in einem safrangelben Gewand aus dem Fenster, oder nein, sie wurde eher vom Fenster eingerahmt und – bitte, lachen Sie jetzt nicht – sie absolvierte ein Fitnessprogramm.

BQ Tatsächlich?

JT Ja.

BQ Hat sie dabei auch etwas gesagt?

JT Sie sang usbekisch, aber ihre Worte wurden deutsch synchronisiert, so dass ich alles verstehen konnte.

BQ Aha!

JT Also, sie machte da ihre Gymnastikübungen, atmete die taufrische Luft von Turan und sang:

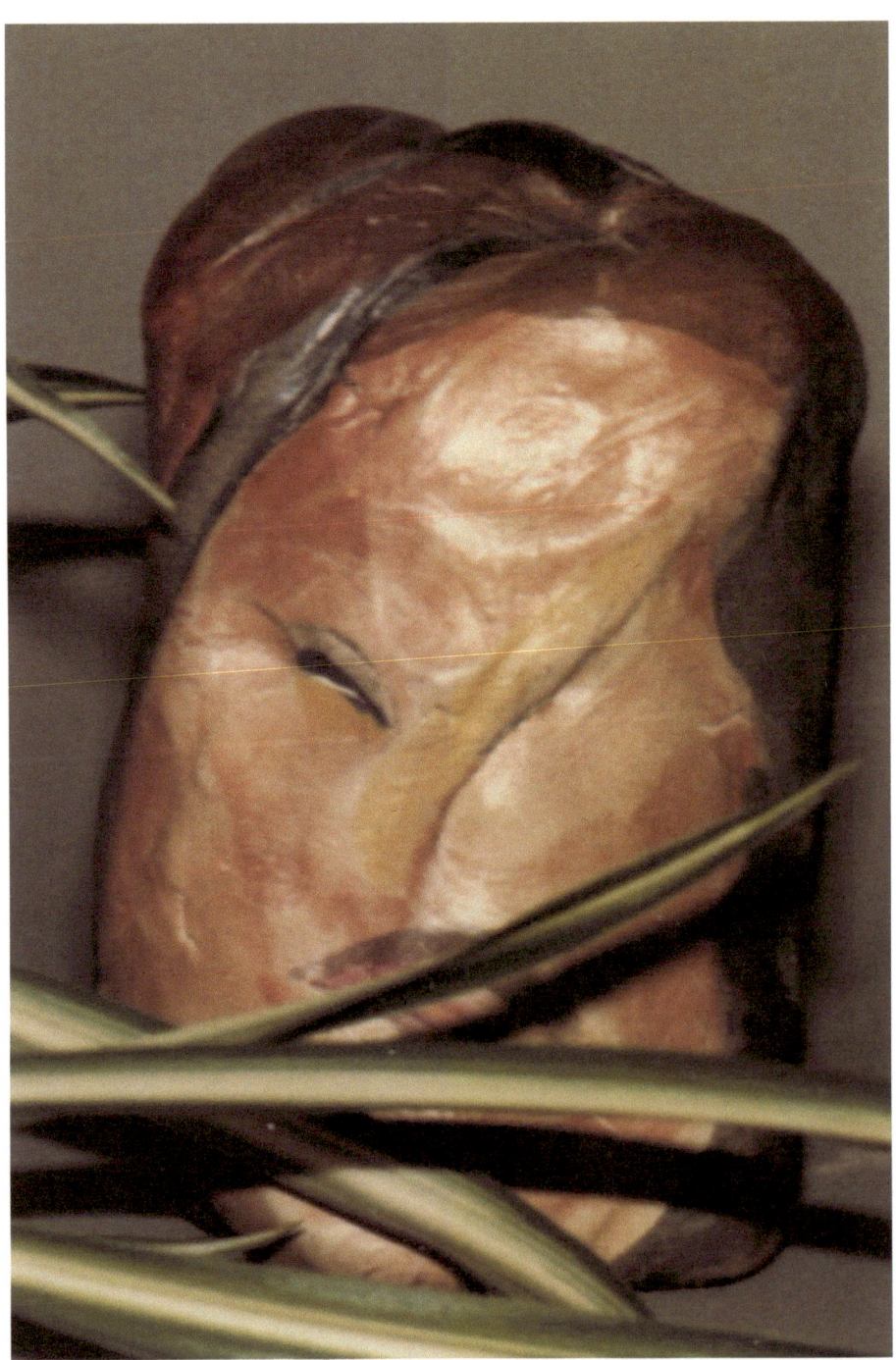

Jochen Timmermann

> Atemquelle, ich schöpfe aus dir!
> Leben, Gesundheit und Kraft gibst du mir!
> Gute Gedanken, ein reines Herz!
> Frei von Sorgen und Schmerz!

BQ Das klingt ja wie in einer esoterischen Wellness-Oase.

JT Genau das war es, was mir Mut gemacht hat. Ich sagte Jochen! in Turan ist es vielleicht gar nicht so anders als in Bremen! Und so kam es, dass ich für FINKEISEN - ROLLADEN - MARKISEN - JALOUSIEN nach Taschkent flog. Dort lernte ich Frau Turandocht Schlamminger kennen, eine Sängerin, in Teheran geboren und in München aufgewachsen, sie begann während ihrer Ausbildung zur Sprach- und Stimmtherapeutin ...

BQ Herr Tinneman, es geht hier um Turandocht, die Rätselprinzessin!

JT Das ist es ja! Frau Schlamminger hatte nämlich die Rolle in diesem Dokufilm gespielt und jetzt war ich natürlich neugierig, wie denn ihre Namensschwester, also die echte Turandocht, aussehen würde.

BQ Von Armin Anken habe ich gehört, dass Sie einem Stier mit der blossen Faust den Schädel zertrümmert haben.

JT *lacht*
Nee! Er war es, der den Stier besiegt hat. Armin war ein Haudegen. Flog von der Eiger Nordwand direkt ins Turanische Tiefland. Er nannte sich King Kirk Kinuk, aber Ping, Pang und Pong liessen sich nicht täuschen. Ein Mann mit diesem eisblauen Gesicht, der kommt aus einem Land, wo es Gletscher gibt. Aber, das muss ich schon sagen: Alle Achtung! Armin hat Riesenkräfte.

BQ Und Seldschan Chatun?

JT Seldschan Chatun?

BQ Sie trug ein safrangelbes Gewand und hatte Haare so dick wie Blumendraht –

JT Tut mir leid, die kenne ich nicht. Doch, was ich sagen wollte: Die Turandocht, also jetzt die echte, die sah ich tatsächlich, wie sie aus dem Fenster ihres Palasts blickte.

BQ Erzählen Sie!

JT Turandocht! Wenn sie mit ihrem offenherzigen Dekolleté aus dem Fenster guckt – das ist Vodka-Sekt-Deluxe! Wammm! Du steigst und fliegst zehn, zwanzig Meter über den Boden! Ja ... und da kann ich nicht mehr an mich halten ... springe vor, sinke aufs linke Knie und singe De Story vun den Blues, wie wir es an der rauen See ins Watt hinausgesungen haben: den Waterkant Blues.

    singt
Dat Leven is hard anne Küste
jümmer häst den Wind von vörn
un allens, wat dit griese Land di affgeven kann is de Blues!

BQ   Und Turandocht?

JT   Das hätten Sie sehen müssen! Sie steht auf dem Balkon und winkt! Sie lächelt und ruft Jochen! Und ich weiss Bingo! Die Prinzessin steht unter einer türkisfarbenen Markise und winkt mir, dem Jochen Tinnemann aus Bremen, zu! Ik bün blied as en Klunnie im Tee!

BQ   Das ist unerhört!

JT   Und dann ... Mannomann! Ich eile, ich fliege! Das Stadttor springt auf! Turandocht ist die Treppe heruntergekommen, ihre lilienweisse Arme weit geöffnet! Sie schwebt mir entgegen, sie wirft sich mir um den Hals –

BQ   Um den Hals?

JT   abwesend
Sie haben Recht, Herr Blair. Das hat mir meinen Hals gekostet.

BQ   Aber wie war das nur möglich?

JT   Man hatte uns gedopt! Wir waren in Trance! Kokain, Cannabis, Speed, turanische Pilze! Was weiss ich! Aber jetzt ist's vorbei. Und doch: Wir verehren unsere Prinzessin noch immer Tag und Nacht. Sehen Sie Orlando, den Venetianer, dort drüben? Wenn im Westen Venus aufgeht, singt er:

Bevi una tazza di caffè di notte.
Vedrai, non dormi,
e pensi a Turandotte.

103 – F – BL

BQ Herr Brioc Lantenac, Sie sind in Paris aufgewachsen?

BL Mein Geburtsort ist Karaez-Plougêr, eine kleine bretonische Gemeinde im Département Finistère. Doch meine Faszination für Turandocht hat nichts mit meiner Nationalität zu tun.

BQ Sondern?

BL Sie geht auf mein Studium am C. G. Jung-Institut in Zürich zurück. In einem Märchenseminar „Starke Frauen" kam die Geschichte der Turandocht zur Sprache und von da an war ich nicht nur Jungianer, sondern ebenso sehr ein leidenschaftlicher Turandochtianer.

BQ Wie hat sich das ausgewirkt?

BL Wir diskutierten, was der Held hätte tun können, um nicht geköpft zu werden.

BQ Das interessiert mich ebenfalls.

BL Die Dozentin machte uns mit einem ostfriesischen Märchen bekannt, wo die Prinzessin vom Freier verlangt, dass er innerhalb eines Tages ein Stück Wiese mähe, das so gross ist, wie sie pissen kann. Gelingt ihm das, wird er ihr Gatte, andernfalls verliert er seinen Kopf.

BQ Konnte sie denn so weit pinkeln?

BL Wenn sich ein Freier meldete, ging die Prinzessin mit ihm zur besagten Wiese und fragte: Erst meten und dann eten? Erst messen und dann essen? Und da die Freier überzeugt waren, dass eine Frau – und erst recht eine Prinzessin – nie so weit pinkeln könne, dass sie die Fläche nicht innert Tagesfrist abmähen könnten, entschieden sich alle, dass die Prinzessin erst mal messen solle.

BQ Erst die Arbeit und dann das Spiel?

BL Oui, tout a fait. Die Prinzessin hebt also ihren seidenen Rock, legt sich auf den Rücken und pisst so weit, dass auch der beste Freier hoffnungslos überfordert ist und – zack! – sein Kopf ist weg. Das geht jeden Tag so weiter, bis einer auf die Idee kommt, dass zuerst mal gegessen werden könnte. Er sagt sich Wenn ich schon sterben muss, dann hab' ich vorher wenigstens noch ein königliches Mahl genossen. Das Essen wird serviert. Die beiden trinken, lachen und essen und wie sich der Bursche auf der Kaschmirdecke ausstreckt, will es der

Zufall, dass ihm sein Schwanz aus der verlöcherten Hose lugt. Die Prinzessin, die noch nie so etwas gesehen hat, beginnt sich dafür zu interessieren und es geht nicht lange, bis sich die beiden aufs beste amüsieren. Es wird Nachmittag. Und noch immer liegen sie auf-, bei-, über- und untereinander, essen, trinken, lieben, lachen, lieben.

BQ   Und das meten?

BL   Kurz vor dem Eindunkeln erinnert er sie, dass sie noch messen wollte. Sie legt sich auf den Rücken, pisst, aber nach dem ausgedehnten Liebesspiel kommt sie nicht mehr weit. Der Bursche steht auf, mäht die zwei Quadratmeter ab und sitzt am Abend mit Krone und Prinzessin am Königshof.

BQ   Und was hat das mit Turandocht zu tun?

BL   Ich sagte mir, dass, wenn ich mich konträr zu all den Freiern verhielte, es mir gelingen müsste, sie ohne Anstrengung zu gewinnen.

BQ   Wollten Sie denn König werden?

BL   Ça, c'est le pont noir: Je le considérais comme un jeu innocent ... als eine Begegnung mit meiner Anima und vergass dabei, dass es sich nicht um eine Projektion, sondern um die brutale Wirklichkeit handelte.

BQ   Das heisst, sie glauben nicht mehr an Jungs Psychologie?

BL   Schauen Sie mich an! Wie ich an der turanischen Sonne verdorre!

BQ   Und Ihr Plan, die Turandocht auszutricksen?

BL   Ich nahm das Märchen ganz wörtlich: Kaufte auf dem Suq einen Essteppich und legte diesen vor Turandochts Fenster auf den Boden. Und wenn alle Freier zur prima donna hinaufstierten, sass ich mit dem Rücken zu Turandocht und ass und trank vergnügt mit einer jungen Frau namens Seldschan Chatun – mit wundervollen Mandelaugen und einem safrangelben Gewand.

BQ   Das ist kühn!

BL   *lacht*
Wie nicht anders zu erwarten, werde ich bald einmal von Turandocht in ihr Palais eingeladen. Sie ist neugierig, wer der Mann ist, der es wagt, ihr den Rücken zuzukehren und – sie ist eifersüchtig auf Seldschan Chatun! Gibt es da eine Rivalin, die noch schöner, intelligenter und rätselhafter ist als sie? Und da ich jung und auch sonst attraktiv bin, entwickelt sich bald einmal eine innige Beziehung zwischen uns.

BQ Wie beim Bauernsohn mit der verlöcherten Hose?

BL Ach!

BQ Ach?

BL Ich hatte einen Traum.

BQ Aha?

BL Ich wate als Frosch in einem Brunnenschacht herum. Ja ... und dann spielt sich alles genau so ab wie im Märchen: Turandocht fällt ihre goldene Kugel in den Brunnen; ich verspreche zu helfen, unter der Bedingung, dass sie Tisch und Bett mit mir teilt; ich gebe ihr die Kugel zurück; aber wie ich mit ihr schlafen will, ist ihre Abscheu so gross, dass sie mich an die Wand schleudert.

BQ Es heisst doch ausdrücklich, dass sich der Frosch in dem Augenblick, wo er an die Wand klatscht, in einen Prinzen verwandelt? Haben Sie das nicht auch noch geträumt?

BL Doch, ja. Aber dann habe ich den Traum leider zu deuten begonnen. Ich sagte mir, dass mich die Prinzessin noch immer wie ein fremdartiges Tier sieht und der goldene Ball für ihr bewusstes Selbst steht, das im Brunnen, das heisst also im kollektiven Unbewussten verloren geht. Wie sie mich an die Wand schmeisst, wird sie sich plötzlich über die männlichen Züge in ihrem eigenen Unbewussten klar und so wird sie von der passiv erduldenden zur aktiv handelnden Person und ...

BQ Monsieur Lantenac! Sind Sie nicht ganz bei Trost? Sie sprechen wie ein Student, der noch feucht hinter den Ohren ist.

BL Es scheint, dass Sie nicht viel von der Jungschen Psychologie verstehen.

BQ Wie bitte?

BL Kurz und gut: Als wir zusammen frühstücken, öffnet Turandocht ihre Handtasche und zeigt mir genau so eine goldene Kugel, wie ich sie im Traum gesehen habe. Ich starre die Kugel an, starre Turandocht an, meine Glieder schlottern und wie ich wieder zu mir komme, ist mein Kopf hier oben auf der Zinne. Diwezh an abadenn!

BQ Diwezh ...?

BL Das ist bretonisch und heisst frei übersetzt Schluss mit lustig.

BQ Bereuen Sie es, dass Sie zu Turandocht gefahren sind?

BL singt à la Edith Piaf
Non, rien de rien
Non, je ne regrette rien

BQ Monsieur Lantenac, vielen Dank für das interessante Gespräch!

BL C'est à moi de vous en remercier, Monsieur Blair. Adeo!

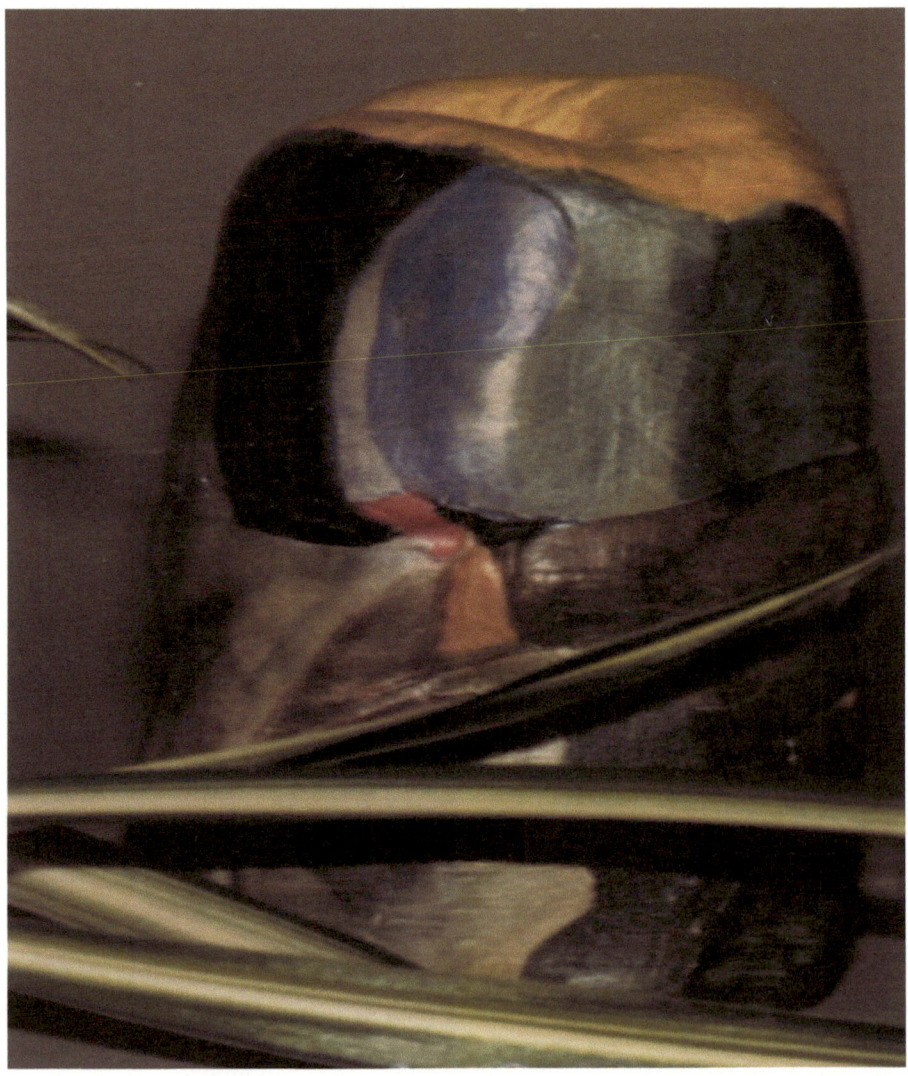

Brioc Lantenac

131 – IS – HG

BQ Weshalb tragen Sie eine Sonnenbrille?

HG Sie wurde mir von einem Souvenirhändler angedreht. Nachdem sie mich geköpft hatten, banden sie sie mir wieder um, aus Spass oder weil sie glauben, dass auch im Jenseits die Sonne scheint.

BQ Das muss brutal sein.

HG Wie meinen Sie?

BQ Wenn man geköpft wird.

HG Sobald man drüben ist, kümmert das einem nicht mehr. Im Gegenteil, man wird geachtet, weil es beim Sterben spektakulär zu und herging, aber auch das verblasst.

BQ Woran erinnern Sie sich noch?

HG Ich erinnere mich, wie mein Vater in unserer Burg von Feinden bedrängt wird. Meine Mutter Hallgerd und meine Grossmutter Rannveig und ich schauen zu, wie er mit Pfeil und Bogen einen um den andern tötet. Doch dann reisst die Sehne seines Bogens und er sagt Gib mir zwei Strähnen von deinem Haar, Hallgerd! Du und Mutter, dreht sie mir zu einer Bogensehne! Meine Mutter steht vor einem hohen Fenster – sie ist wie eingerahmt – und fragt: Hängt irgend etwas davon ab? Und er Mein Leben! Sie bekommen mich niemals in die Hände, solange ich meinen Bogen spannen kann. Meine Mutter sagt: Dann ist es jetzt Zeit, dich an die Ohrfeige zu erinnern, die du mir kurz nach unserer Heirat verpasst hast. Mir ist es egal, ob du dich noch kürzer oder länger wehrst. Mein Vater zieht sein Schwert, aber die Feinde sind schneller und schlagen ihm den Kopf ab.

BQ Ist das der Grund, weshalb Sie zu Turandocht gezogen sind? Ich meine, wäre es nicht besser gewesen, wenn Sie die Frauen fortan gemieden hätten?

HG Die Stärke und diese kühle Gleichgültigkeit, die meine Mutter selbst im Angesicht des Todes ...

BQ Aber es war ja nicht ihr eigener Tod!

HG Richtig. Aber trotzdem – das hat mich so beeindruckt, dass ich mir von da an nur noch genau so eine Frau wünschte: klug, nonchalant, schön und stark.

BQ Wenn ich Ihr Schicksal nicht bedauern würde, könnten Sie in mir noch einen längst vergessenen Psychologen wecken.

HG Ihr Mitleid können Sie für sich selber sparen. Ich bereue nichts. Aber was meinen Sie mit dem Psychologen? Dass wir eine Selbsthilfegruppe bilden? Die Opfer der Turandocht? oder Das Familienkarma als Wiederholungszwang?

fröhlich
Da irren Sie sich, mein Lieber! Alle, die ihr Leben für Turandocht gelassen haben, haben das mit Liebe, ja mit Freude und absoluter Hingabe getan. Schauen Sie, dort drüben ist Craig MacLachlan.

BQ Der mit dem Gesicht, das einem schottischen Plaid à la Piet Mondrian gleicht?

HG Genau! Unter dem einen Auge ein weisses Rechteck, unter dem andern ein orangefarbenes … also, der singt jeden Abend laut und schmelzend: Do that to me one more time, once is never enough with a woman like you!

BQ Sie meinen, er möchte noch einmal geköpft werden?

HG Ja klar! Was denn sonst? Turandocht! Das ist Nektar pur! Ein Schluck von ihren Lippen und: Wammm! Man steigt und fliegt zehn, zwanzig, dreissig Meter über den Boden! Þetta er undursamlegur!

BQ Undur…?

HG Das ist wunderbar!

BQ Um ehrlich zu sein, ich kann Ihnen nur mühsam folgen.

HG Das kommt daher, dass Sie sie nicht gesehen haben!

BQ Und Sie? Haben Sie sie gesehen?

HG Ich habe gesehen, wie sie aus dem Fenster guckte!

BQ Sind Sie sich da absolut sicher?

HG Was soll das? Waren Sie das schon einmal? Absolut sicher? Hm? Ich sah eine junge, vollbusige Frau, die aus dem Fenster guckte – ognóg!

BQ Verzeihung, ich verstehe leider kein Isländisch.

HG E basta!

BQ Sprechen Sie auch italienisch?

HG Wenn Orlando von seinen Frauen erzählt, sagt er immer wieder ero nell'amore – e basta, und das heisst anscheinend so viel wie var ást fanginn – og nóg! Und jetzt müssen Sie mich nur noch einmal fragen, ob Turandocht aus dem Fenster guckte und wir sind geschiedene Leute.

BQ Herr Gísli, Sie haben mir noch gar nicht erzählt, weshalb Sie gescheitert sind.

HG Vor den Mauern treffen wir auf eine alte Bäuerin aus Samarkand in einem safrangelben Kleid und Haaren so dick wie Blumendraht. Sie führt einen Stier an einem Nasenring, als ob sie einen Zwergschnauzer spazieren führte. Sie sagt, ich sähe aus wie Marlon Brando.

BQ Das ist mir auch aufgefallen.

HG zieht die Mundwinkel nach unten und lächelt grimmig. So?

BQ Ja, genau! So sehen Sie aus wie The Don – Don Vito Corleone, den Marlon Brando in The Godfather spielte. Kennen Sie den Film?

HG Mir sind die realen Kriminalgeschichten lieber. Das ist ja auch ein Grund, weshalb ich die Reise von meiner Heimatstadt Siglufjörður nach Turan gemacht habe. Was ich da auf dem Schiff, zu Pferd und in den Kutschen so alles erlebt habe, macht Ihren Don Vito Corleone zum Waisenknaben. Aber dass ich Marlon Brando gleiche, das muss etwas Wahres haben, auch Isländerinnen haben mir das schon gesagt.

BQ Und Turandocht?

HG Wie ich ihr Porträt sehe, das sie eigenhändig gemalt und über das Stadttor gehängt hat, bin ich hin und weg. Es ist, als blickte meine Mutter aus dem Fensterrahmen. Ich sinke auf das linke Knie und rufe: Hallgerd! Hallgerd! Erhöre mich! Dann, an einem kalten Herbstmorgen ist es so weit. In Anbetracht der vielen Freier hat Turandocht eine Warteliste aufhängen lassen, in der sich jeder mit seinem Namen eintragen muss; jetzt bin ich an der Reihe; Ping, Pang und Pong rufen unisono: Jarl Hrafn Gísli!

Ich zücke mein Schwert und gehe zum Saumpfad mit den versteckten Robotern. Zack! Der erste liegt am Boden. Zack! Der zweite. Zack! Der dritte. Aber vor der letzten Wegbiegung beginnt es plötzlich zu irrlichtern. In einer rasanten Abfolge sehe ich meine Mutter und meine Grossmutter im Fensterrahmen stehen und dazwischen zuckt mein Vater Gunnar hin und her. Im Gegenlicht blitzen sie als Fotonegative auf und blenden meine Erinnerung. Ich halte die Hand vors Gesicht – zu spät! Ein langgezogenes Zischen kommt auf mich zu: die Transsibirische Eisenbahn! Sie saust in einen Tunnel ... über eine Brücke ... in den nächsten Tunnel und ich erwache, als mein Kopf hier oben vom ersten Strahl der aufgehenden Sonne liebkost wird.

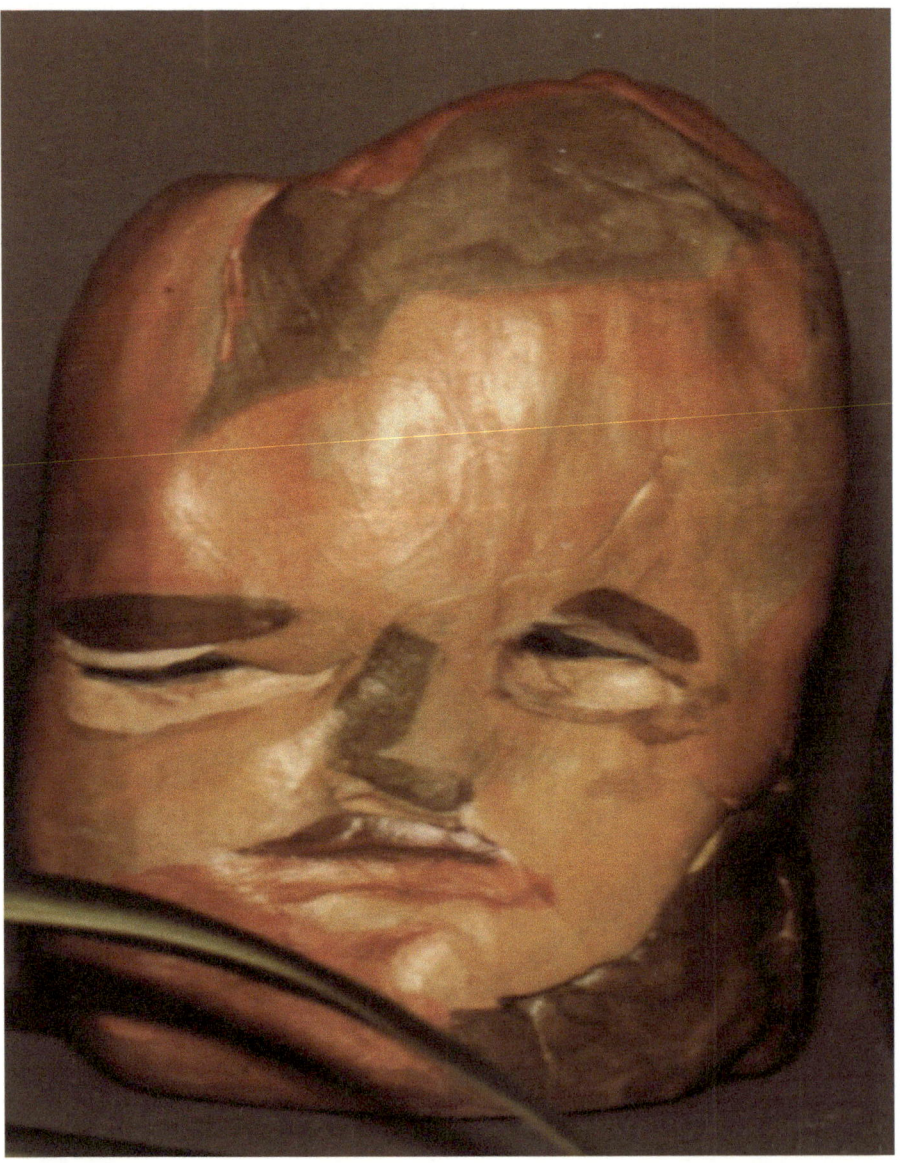

Jarl Hrafn Gísli

139 – NL – GS

BQ Herr Snyders, darf ich mich mit Ihnen über Turandocht unterhalten?

GS Mein Mund ist ausgetrocknet. Ich weiss nicht, wie lang ich noch sprechen kann. Was möchten Sie denn wissen?

BQ Als ich in der Scala Puccinis Oper Turandot sah und auch Nizamis Sieben Geschichten der sieben Prinzessinnen gelesen hatte, drängte sich mir die Frage auf, was denn eigentlich mit all den Freiern, die für Turandocht ihr Leben gelassen haben, geschehen ist. Das hier ist mein Beitrag, ihre tragische Geschichte hörbar zu machen.

GS Tragisch? Wo denken Sie hin, Herr Blair! Alle, die hier oben verdorren, sind freiwillig zu Turandocht gepilgert. Wir taten es als troubadours d'amour!

BQ Und dass Sie gescheitert sind, kümmert Sie nicht?

GS Neen, integendeel: Wir sind stolz auf unser Schicksal. Aber da ist noch etwas anderes, das uns tröstet: Wir sprechen miteinander – wenigstens so lange unsere Poren noch feucht sind – und wir singen.

BQ Wie? Sie singen?

GS Leontien, meine erste Frau, und ich verbrachten unseren honeymoon in Aegypten.

BQ Ich dachte, Sie wollten mir etwas über Ihren Gesang sagen?

GS schwärmerisch
Geduld, mijnheer, Geduld! Auf dieser Reise besuchten wir neben den üblichen Sehenswürdigkeiten auch die beiden Memnonkolosse in Theben West, die einst vor dem Tempel von Amenophis III. standen. Kennen Sie sie?

BQ uninteressiert
Nein, leider nicht.

GS Wenn die ersten Sonnenstrahlen auf die beiden Statuen fielen, erwärmten sich die Steine und begannen zu vibrieren. Sie sangen.

BQ Weshalb brauchen Sie die Vergangenheit?

GS Es heisst, dass Kaiser Septimius Severus im Jahr 199 nach unserer Zeitrechnung die nördliche Statue restaurieren liess. Seither ist sie

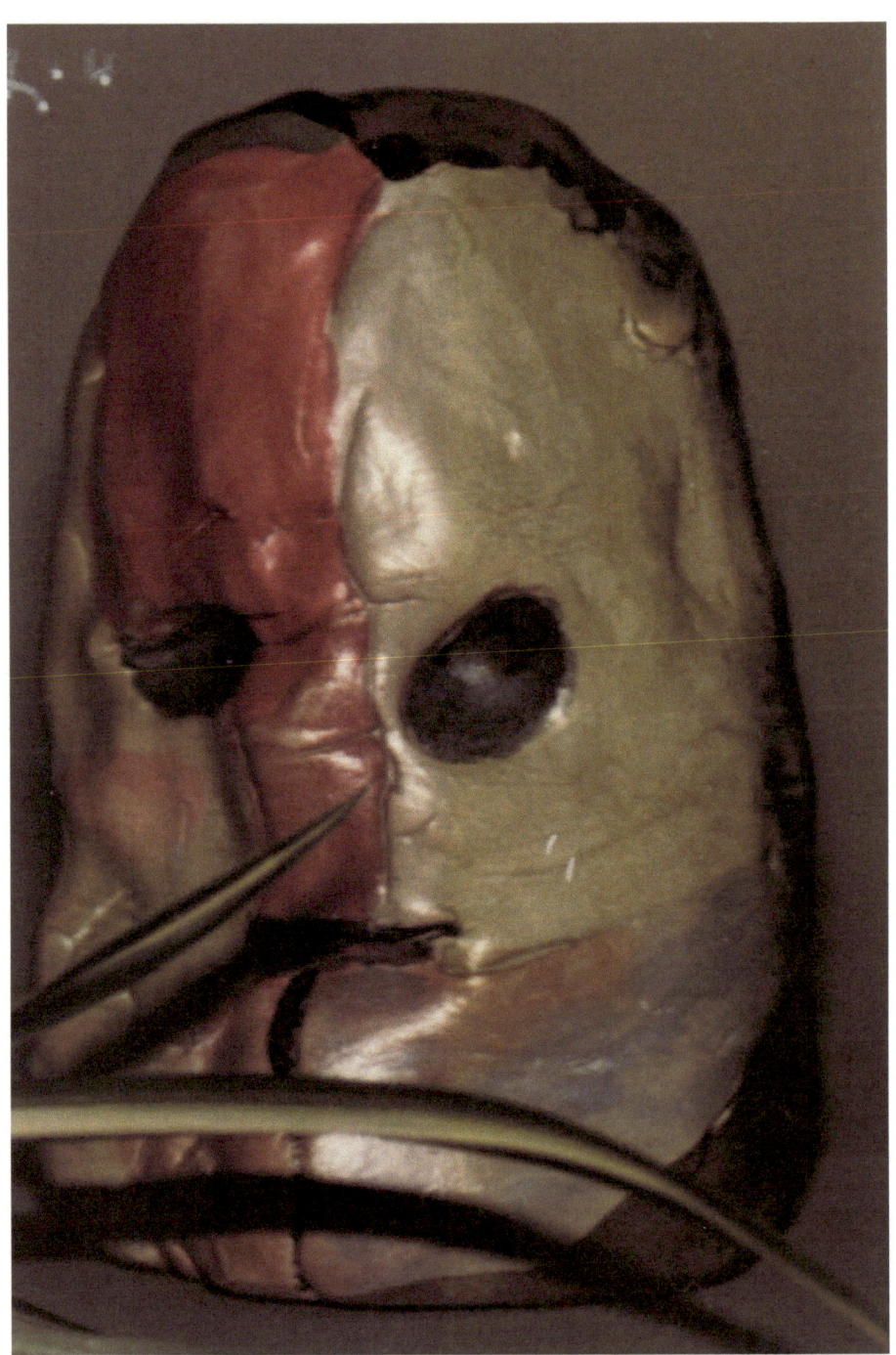

Jarl Hrafn Gísli

verstummt. Und die andere hört man nicht, weil im Abstand von fünfzig Metern eine stark befahrene Strasse vorbeiführt, so dass der Lärm das zärtliche Singen übertönt.

BQ   Und was hat das mit Turandocht zu tun?

GS   Wenn hier oben unsere Köpfe verdorren – und das ist natürlich erst bei uns älteren Semestern der Fall, wie bei mir oder beim Japaner dort drüben mit dem rosaweissen Mondgesicht, das mich an N - Masken erinnert –, sobald wir also genügend verdorrt sind, öffnen sich unsere Knochennähte. Und wenn bei Sonnenaufgang die nächtliche Kälte durch die Ritzen unserer Schädel strömt, tönt das, als ob wir singen würden. Kijk: Entlang dieser frontalen Naht, die meine rechte, rote Gesichtshälfte von der linken trennt – ziet u dat? Da hat sich eine Naht geöffnet.

BQ   Die als blaue Linie von der Lippe zum Kinn weiterläuft?

GS   Precies. Orlando, der Venetianer, sagte erst neulich, dass Aurora, wenn sie uns bei zonsopgang mit ihren Strahlen streichelt, dass ihr niemand schöner dankt als wir. Prachtig, isn het? Wir sind die Nachtigallen der Turandocht! Bleiben Sie über Nacht, en u zal worden verrukt, mijnheer! Sie werden alles in der Welt hergeben, nur um hier zu verdorren und mit uns zu singen!

BQ   Wie die Sirenen?

GS   Schöner als die Sirenen! Veel meer indrukwekkender!

BQ   Ihr Hang zur Schwärmerei – hat das mit Ihrer Herkunft zu tun?

GS   Ich komme von Alkmaar, genau genommen von Broek op Langgediik und arbeitete in der Käserträgergilde vom Alkmaarse Kaasmarkt. Wir waren zwar immer weiss gekleidet, aber – laat me u dat vertellen, mijnheer – die Arbeit war hart und liess uns keine Zeit zum Schwärmen.

BQ   Und da guckte plötzlich Turandocht zwischen den gelben Käsen hervor?

GS   lässt sich nicht beirren
Ich treffe Turandocht zum ersten Mal, als ich in Egmond aan Zee spazieren gehe: Nicht weit vom Leuchtturm sehe ich eine weibliche Gestalt. Sie schwebt im Morgennebel über der grauen See und mitten drin leuchtet das traumtrunkene Narzissenpaar ihrer Augen! Ik werd totaal gefascineerd en weet: Gerrit, du bist auf Lebenszeit ihr Gefangener, den die Freien um seine Fesseln beneiden!

BQ   Sind Sie sicher, dass es sich dabei nicht um eine westfriesische Nixe gehandelt hat?

GS Onmogelijk, mijnheer! De vrouw, die ik in de mist heb gezien, diese Frau hatte pechschwarzes Haar und trug ein safrangelbes Gewand, genau wie Turandocht, wenn sie sich am Fenster zeigte.

BQ Sie meinen Seldschan Chatun?

GS spricht nur noch mit Mühe
Seldschan Chatun ist nichts anderes als der Deckname der Turandocht.

BQ Soll ich Ihr Gesicht befeuchten?

GS Um Himmels Willen, nein!

BQ Sie können ja kaum noch sprechen!

GS Neen! Wenn Sie meinen Schädel abreiben, nehme ich zu viel Feuchtigkeit auf und meine Knochennähte schliessen sich. Das beeinträchtigt das Singen. Wollen Sie nicht über Nacht bleiben? Kijk! Venus! De avondster!

BQ im Gehen
Vielen Dank, Herr Snyders!

GS Wacht! Ich möchte Ihnen noch etwas sagen.

BQ setzt sich neben Gerrit und schaut im Mondlicht über das Turanische Tiefland.
Bitte!

GS Es ist mir nicht entgangen, dass Sie zweifeln, ob Turandocht so schön war, wie sie mir erschienen ist. Hören Sie!

Ein König der Araber wollte die berühmte Leila sehen, für die Madschnun aus übergrosser Liebe wahnsinnig geworden war. Als man sie vor ihn führte, konnte er seine Enttäuschung nicht verbergen: Eine Beduinin sah er – irgendeine, wie ihm schien, fast schwarz gebrannt von der Sonne, mager, ja ausgezehrt durch die Mühsal und Entbehrung des Nomadenlebens. Madschnun, der in der Nähe stand, sah, wie der König enttäuscht war. Da trat er vor ihn und sagte: Für Leilas Schönheit bist Du blind – was tun? Du musst sie sehen mit den Augen von Madschnun!

So ist es auch mit Turandocht: Sie ist nicht schön, mijnheer, aber wenn Sie sie mit unseren Augen, den Augen der Geköpften sähen ... [con brio] Ah!

Zitate

Asunto Secundario

Wenn ich sage ...
Nizami. Die sieben Geschichten der sieben Prinzessinnen mit 12 Miniaturen. Was die russische Prinzessin am Dienstag in der roten Marskuppel erzählte. Die Geschichte von den Rätseln der Turandocht. Aus dem Persischen übertragen von Rudolf Gelpke. Zürich 1959.

Bésame mucho ...
Elvis Presley
http://www.youtube.com/watch?v=4CJ_ZfFaIxE

Craig MacLachlan

Do that to me one more time ...
Captain & Tennille
http://www.youtube.com/watch?v=RSWxgMlsOyU

Wen-i nume wüsst ...
Schwyzerörgeli Club Jona
http://www.youtube.com/watch?v=LDdF8QeUX-I

Orlando

Donne ch'avete intelleto d'amore ...
Dante Alighieri. Vita Nova XXIX

Nessun dorma ...
Giaccomo Puccini. Turandot. Luciano Pavarotti
http://www.youtube.com/watch?v=TOfC9LfR3PI

Brioc Lantenac

Non, rien de rien ...
Edith Piaf
http://www.youtube.com/watch?v=8YGXsw3XK9I

Zitate

Tokea Ashikaga

Deh, vieni alla finestra ...
Wolfgang Amadeus Mozart. Don Giovanni. Rafael J. Negrete
http://www.youtube.com/watch?v=13LNn6rbIVQ

Furu ike ya
... Matsuo Bash
http://www.bopsecrets.org/gateway/passages/basho-frog.htm

Ein Duft von Astern ...
Masaoka Shiki
Haikus. Japanische Dreizeiler. Ausgewählt und aus dem Urtext übersetzt von Jan Ulenbrook. Zum Winter. Stuttgart 1995.

Armin Anken

Ist denn ein Stier ...
Das Buch des Dede Korkut. Ein Nomadenepos aus türkischer Frühzeit. Geschichte von Kan Turali, dem Sohne Kanli Kodschas. Aus dem Oghusischen übersetzt von Joachim Hein. Zürich 1958.

Komm, komm, komm ...
http://www.youtube.com/watch?v=q8ippr1ZB-g&feature=related

Jochen Tinnemann

Atemquelle ...
Martha Stiefel. Turbenthal

Turandocht Schlamminger ...
http://mugi.hfmt-hamburg.de/WilhelminevBayreuth/dateien/oper/mitwirk0.html

Dat Leven is hard anne Küste ...
http://www.waterkantbluesband.de/

Bevi una tazza di caffè ...
http://medicine-opera.com/2008/12/turandot-without-the-t/
Paul Mauffray (October 15, 2011).

Zitate

Jarl Hrafn Gísli

Gib mir zwei Strähnen …
Isländersagas. Die Sage von Brennu-Njáll (1 / 77). Frankfurt am Main 2011.

Gerrit Snyders

Ein König der Araber …
Scheich Saadi. Hundertundeine Geschichte aus dem Rosengarten. Leila und Madschnun. Aus dem Persischen übertragen von Rudolf Gelpke. Zürich 1967.

Herstellung und Verlag:
BoD - Books on Demand, Norderstedt
ISBN 978-3-7431-1179-0

DO THAT TO ME ONE MORE TIME

TURANDOCHTS FREIER

Von Balthasar Kübler

© 2017 Balthasar Kübler & Cavaliere Blu